AMIGOS DE LA GRANJA

Dora
la gallina

por Lisa Mullarkey
ilustrado por Paula Franco

Calico Kid
An Imprint of Magic Wagon
abdobooks.com

To vegetarians everywhere: Freckles, Gaston, Golden Girl and Daisy thank you! —LM

Para los vegetarianos en todas partes: ¡Pecas, Gastón, Dora y Daisy gracias! —LM

To Jack and Lilo, for your amazing friendship. —PF

Para Jack y Lilo, por su amistad maravillosa. —PF

abdobooks.com

Published by Magic Wagon, a division of ABDO, PO Box 398166, Minneapolis, Minnesota 55439.

Printed in the United States of America, North Mankato, Minnesota.
052019
092019

Written by Lisa Mullarkey
Translated by Brook Helen Thompson
Illustrated by Paula Franco
Edited by Megan M. Gunderson
Designed by Christina Doffing
Translation Design by Victoria Bates

Library of Congress Control Number: 2018966746

Publisher's Cataloging-in-Publication Data

Names: Mullarkey, Lisa, author. | Franco, Paula, illustrator.
Title: Dora la gallina / by Lisa Mullarkey; illustrated by Paula Franco.
Description: Minneapolis, Minnesota : Magic Wagon, 2020. | Series: Farmyard friends
Summary: Family Day is coming to Storm Cliff Stables, but it seems Golden Girl's family is nowhere to be found!
Identifiers: ISBN 9781532136146 (lib. bdg.) | ISBN 9781532136344 (ebook)
Subjects: LCSH: Chickens--Juvenile fiction. | Family--Juvenile fiction. | Friendship--Juvenile fiction. | Storm Cliff Stables--Juvenile fiction. | Spanish language materials--Juvenile fiction.
Classification: DDC [E]--dc23

Tabla de contenido

Capítulo 1
¡Día de la Familia!
4

Capítulo 2
Izquierda & derecha
12

Capítulo 3
Sin suerte
20

Capítulo 4
Gallina tonta
28

Capítulo 1

¡Día de la Familia!

Dora, Pecas, Gastón, y Daisy eran mejores amigos. Comían juntos. Jugaban juntos. Se acurrucaban juntos. Hacían todo juntos.

Casi todo.

—No tengo cascos —dijo Dora—. Mientras recortas tuyos, voy a dar un paseo. Pero, no se preocupen, amigos. Volveré a tiempo para el almuerzo.

—¡Oinc! —dijo Pecas—. ¡Diviértete!

—¡Beee! —dijo Gastón—. ¡Te extrañaremos!

—¡Muuu! —dijo Daisy—. ¡Regresa pronto!

Dora salió. Se fue del establo.

Rasca, rasca, rasca. Picotea, picotea, picotea.

Dora cruzó los campos.

Rasca, rasca, rasca. Picotea, picotea, picotea.

Entró en el establo.

Rasca, rasca, rasca. Picotea, picotea, picotea.

Carly vio a Dora primero.

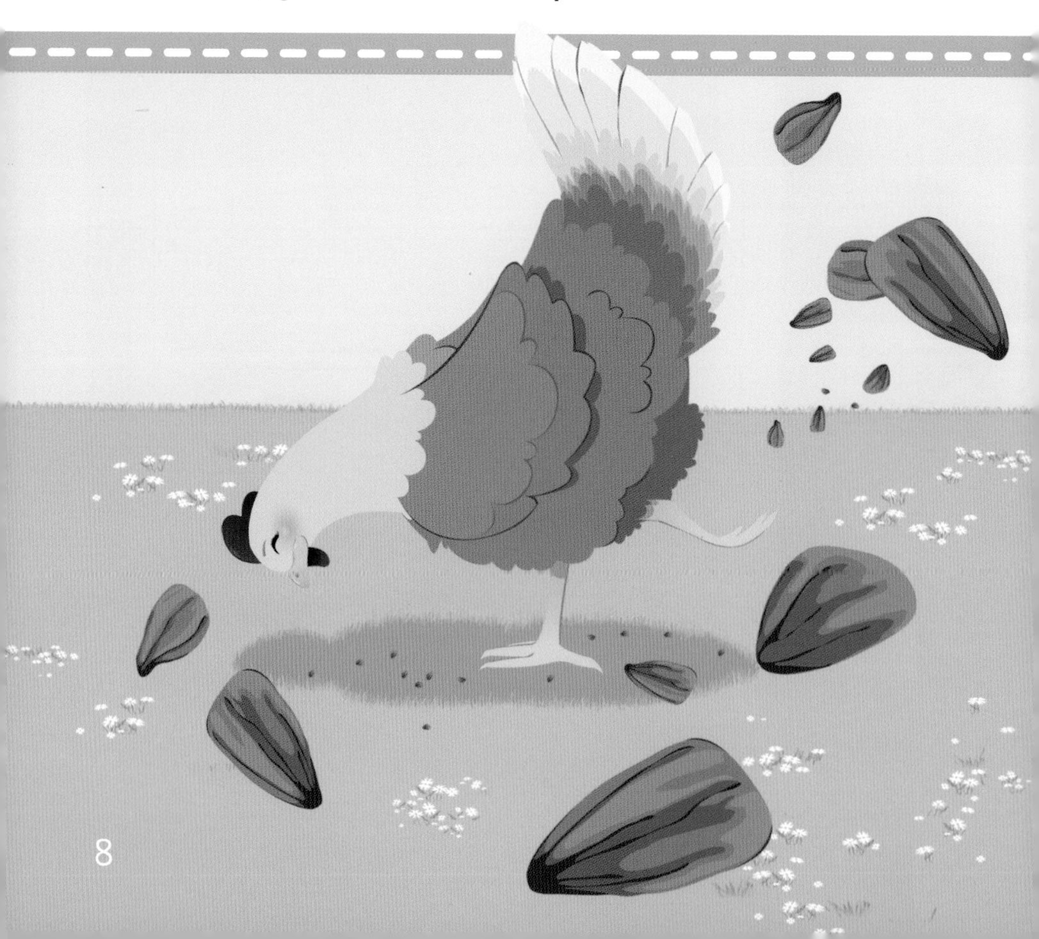

—¡Mira, Tía Jane! ¡Una visita!

La gallina ba-ba-batió sus alas. Voló a una caja de montura.

Tía Jane la sacó.

—¡Hola, Dora! ¿Estás lista para el Día de la Familia?

—¡Cloc! —dijo Dora. Nunca había oído hablar del Día de la Familia antes.

Carly aplau-plau-dió.

—No puedo esperar a conocer a las familias de los campistas. —Acarició a Dora—. ¡No puedo esperar a conocer a tu familia, también.

Dora erizó sus plumas.

Carly se rió.

—Nuestras familias conocerán a las familias de los animales, Tía Jane. Será un día perfecto.

Dora corrió hacia el establo.

Sin rascar, rascar, rascar. Sin picotear, picotear, picotear.

En cambio, ella estaba preocupada, preocupada, preocupada.

—¿Cómo va a ser un día perfecto si no tengo familia en los Establos Storm Cliff?

Capítulo 2

Izquierda & derecha

Dora se cruzó con Pip y Squeak en el pasto.

—¡Híiii! —dijo Pip—. Te veo triste.

—Estoy triste —dijo Dora.

—Mañana es el Día de la Familia. Pero mi familia no está aquí. Mi familia está en otra granja. —dijo Dora.

Squeak pastaba la hierba.

—Eres una gallina tonta. Tu familia está aquí.

El corazón de Dora latió más rápido.

Tucutún tucutún. Tucutún tucutún.

—¡CLOC! ¡CLOC! —dijo Dora—. ¿Están aquí? ¿En los Establos Storm Cliff?

—Sí —dijo Pip—. Los verás enseguida. Mira cerca de la pocilga. Ve al compostador.

—Después ve a los puestos de leche —dijo Squeak—. Tú familia está allí.

Dora fue corriendo a la pocilga.

Miró a la derecha.

Sin suerte.

Miró a la izquierda.

Sin suerte.

Dora suspiró:

—No puedo encontrarlos.

Pecas revolcó en el barro.

—¿A quién buscas?

—Mi familia —dijo Dora—. Pip y Squeak dijeron que estaban aquí. Estoy busca-busca-buscando. Pero todo lo que puedo ver es a mi mejor amigo Pecas mirando atrás a mí.

—¡Quédate a jugar! —dijo Pecas.

—¡No puedo! —dijo Dora—. Necesito encontrar a mi familia.

—¡Espera! —dijo Pecas—. Yo soy tu . . .

Pero ya fue demasiado tarde. Dora estaba en camino.

Capítulo 3

Sin suerte

Dora corrió al compostador.

Miró a la derecha.

Sin suerte.

Miró a la izquierda.

Sin suerte.

Dora suspiró:

—No puedo encontrarlos.

Gastón paró de meterse en el compostador.

—¿A quién buscas?

—Mi familia —dijo Dora—. Pip y Squeak dijeron que estaban aquí. Estoy busca-busca-buscando. Pero todo lo que puedo ver es a mi mejor amigo Gastón mirando atrás a mí.

—Quédate a comer algo —dijo Gastón.

—¡No puedo! —dijo Dora —Necesito encontrar a mi familia.

—¡Espera! —dijo Gastón—. Yo soy tu . . .

Pero ya fue demasiado tarde. Dora estaba en camino.

Dora corrió a los puestos de leche.

Miró a la derecha.

Sin suerte.

Miró a la izquierda.

Sin suerte.

Dora suspiró:

—No puedo encontrarlos.

Daisy meneó la cola de un lado para otro, de un lado para otro.

—¿A quién buscas?

—Mi familia —dijo Dora—. Pip y Squeak dijeron que estaban aquí. Estoy busca-busca-buscando. Pero todo lo que puedo ver es a mi mejor amiga Daisy mirando atrás a mí.

—Toma un poco de hierba —dijo Daisy.

—¡No puedo! —dijo Dora—. Necesito encontrar a mi familia.

—¡Espera! —dijo Daisy—. Yo soy tu . . .

Pero ya fue demasiado tarde. Dora estaba en camino.

Dora buscó a su familia por todas partes.

Buscó toda la mañana.

Sin suerte.

Buscó toda la tarde.

Sin suerte.

Buscó toda la noche.

Sin suerte.

Capítulo 4

Gallina tonta

A medianoche, Dora regresó al establo. Pecas, Gastón, y Daisy estaban esperándola. Querían alegrar a su amiga.

—Oinc —dijo Pecas—. Hice esta pintura para ti.

—Beee —dijo Gastón—. Recogí estas flores para ti.

—Muuu —dijo Daisy—. Guardé un poco de hierba para tu nidal.

—Meneó la cola de un lado para otro, de un lado para otro.

El corazón de Dora se hinchó. Le encantaban la pintura, las flores, y la hierba.

Su corazón latió más rápido. Tucutún tucutún. Tucutún tucutún. Tucutún tucutún tucutún.

—¡Qué gallina tonta soy! —dijo Dora—. Estoy mira-mira-mirando a todos ustedes. Pero no veo a mis mejores amigos mirando atrás a mi.

Pecas frunció el ceño. Gastón bajó la cabeza. Daisy se desanimó.

—¡Veo a mi familia mirando atrás a mí! —dijo Dora.

Los amigos se acurrucaron juntos.

—Pip y Squeak tenían razón. Mi familia está aquí —dijo Dora—. Ustedes estaban aquí todo el tiempo.